물똥방구

물똥방구

발행일   2024년 3월 15일

지은이   송춘길
펴낸이   손형국
펴낸곳   (주)북랩
편집인   선일영   편집   김은수, 배진용, 김부경, 김다빈
디자인   이현수, 김민하, 임진형, 안유경, 최성경   제작   박기성, 구성우, 이창영, 배상진
마케팅   김회란, 박진관
출판등록   2004. 12. 1(제2012-000051호)
주소   서울특별시 금천구 가산디지털 1로 168, 우림라이온스밸리 B동 B113~115호, C동 B101호
홈페이지   www.book.co.kr
전화번호   (02)2026-5777   팩스   (02)2026-5747

ISBN   979-11-7224-025-7 03810 (종이책)   979-11-7224-026-4 05810 (전자책)

(주)북랩 성공출판의 파트너

북랩 홈페이지와 패밀리 사이트에서 다양한 출판 솔루션을 만나 보세요!

홈페이지 book.co.kr   •   **블로그** blog.naver.com/essaybook   •   **출판문의** book@book.co.kr

작가 연락처 문의 ▶ ask.book.co.kr

작가 연락처는 개인정보이므로 북랩에서 알려드릴 수 없습니다.

물똥방구

송춘길 시집

북랩

사랑하는 분들께

- 세 번째 시집을 내면서

또 시집을 내며
시집 제목을
물똥방구라고 붙였습니다.

제 삶과 시가
물똥방구처럼
재밌고 귀엽고
향기롭기를 바라기 때문입니다.

환갑이 지나니
시가 더 좋아지는 것 같고
제 마음에 드는 시가 써지는 것 같아
저도 이제 시에 물들었나 봅니다.

제가 시에 물들었듯이

제 시가 제 삶에 물들기를

읽어 주시는 분들께도 단풍처럼 물들기를 바랍니다.

2024년 봄

탄감자 송춘길 올림

차
례

I

물똥방구
같은
이야기

II

사랑으로 사는 이야기

IV

**사랑하는 삶,
사랑하는 시**

물똥방구 같은
이야기

물똥방구

아기
똥이
애기똥풀
되듯

물똥
방귀
물똥방구
되면

소리
마저
향기롭더라.

냄새
하나
없더라.

사랑하면

그냥

그렇게

되더라.

똥구리

말똥 굴리면
말똥구리
소똥 굴리면
소똥구리

애기똥구리는
애기라서 못 굴리고
뿔똥구리는
뿔이 커서 못 굴린다.

말똥이든 소똥이든
똥을 굴려
우주를 빚는
똥구리처럼

나도
사랑똥 굴려
사랑꿈 만드는
사랑똥구리

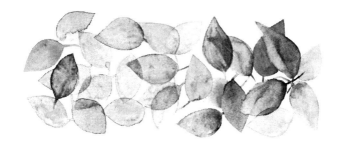

끄덕끄덕

오늘도
노을을 보며
끄덕끄덕

치매 초기
어머니와 살며
끄덕끄덕

가끔
도리도리
찡그리지만

만사
웃으며 그저
끄덕끄덕

물똥방구

중얼중얼

간밤
서설(瑞雪)이 내려
온 천지 하얗다고
호들갑 떨들
어쩌란 말이냐?

그냥
지금처럼
조금
심심하게 살면
그만인 것을

꿀떡꿀떡

팔순 넘어
치매가 온
어머니

목구멍으로
밥 넘어가는
소리

꿀떡꿀떡
꿀떡꿀떡

내 입가에
미소가
돌아

솔방울 꽃

솔방울 주워
너의 이름을 적으니
솔방울 꽃

솔방울 모아
사랑의 하트 만드니
솔방울 꽃

소~ㄹ 방울
방울방울
소~ㄹ 방울

입안이
향기로운
소~ㄹ 방울

꽃이 된다.

단풍(丹楓)

지족암(知足岩)
계곡물에
당신 발을 씻깁니다.
당신도
제 발을 씻깁니다.

고개 돌린
스님 미소에
단풍(丹楓)
들었습니다.

찰나(刹那)

바람에
흔들리는 꽃
오래 지켜보니

바람도 찰나
꽃도 찰나
그 순간
흔들림도 찰나

감았다 뜬
내 눈에
부처님 미소 같은
찰나(刹那)

꽃이 바람에
흔들린다.

동안거(冬安居)

입동(立冬) 지나
대설(大雪) 앞둔
날 추운 날

외로움이
가슴 저미는
한겨울
문턱

치매 모친
동안거(冬安居)
봉양 수행 중

거친 바람
싸락눈
심연(心淵)에
휘날린다.

손톱 깎기 1

손톱 깎았다.
봉숭아 꽃물이
초승달만큼
남았다.

첫눈 내려야
첫사랑
이뤄진다는
봉숭아 꽃물

누에나방
눈썹 같은
그 짜릿한
흔적

손톱 깎기 2

손톱 깎는다.
굳은살도 깎는다.
느긋하게
달콤함을 깎는다.

지난여름
봉숭아 꽃물 들인
새끼손톱이
예쁘게 웃는다.

코스모스
하늘거리는
첫사랑이
기다린다고
속삭인다.

4월 어느 날

바람 많고
햇살 가득한
4월 어느 날

시(詩)처럼
사람이 그리워
막걸리에
낮술 한잔하는데

술잔에
떨어지는
꽃잎

꽃술
붉은
4월 어느 날

비 오는 날

모처럼
비 오는 날

너 가슴이
나 메마른 영혼이
푹 젖어
흐르는 날

막걸리에
정구지 지짐
당신과
함께라면

오늘 같은
하루라도
평생(平生)
살 수 있겠습니다.

물똥방구

가을에 1

송이가 한창이라
먹는 데 지장 없는 걸로
조금 사 보냈으니
좋은 사람들과
술 한잔하게.

부치는 김에
인삼 한 채
같이 넣었으니
먹고 힘내게.

가을에 2

아들아, 나 잘 있다.
나 걱정 말고
네 몸이나 잘 챙겨라.
여기도 가을이다.
사진 몇 장 보낸다.

다른 나라 땅
몇 해 전
떠난 어머니
전화 목소리엔
벌써 단풍 들었다.

물똥방구

가을 오후

때가 되었는데
갈 때가 되었는데
마지막 만찬으로
뭘 먹었나?

불닭발 먹고
저리 빨갛나?
짬뽕 국물이거나
아귀찜 시켜 놓고
뚝뚝 떨어지는
낙엽 안주 삼아
벌써 취했나?

바람은
긴 칼 휘두르며
저기 달려오는데
갓끈 떨어진
늦가을 오후

찜

내가 너를 찜했다.
침 발라 놨다.

어서어서 크세요.
바람 햇살 다 받으며
내 발걸음과 미소로
탱글탱글
너 붉어지는 얼굴에
내 입술이
입맞춤하는 날
너 가슴이 터지는
그날까지

방울토마토
내가 너를 찜했다.

매실유감(梅實有感)

누가 눈독 들였나?
아직 덜 익었는데
며칠 더 기다려야 하는데
어느새
다 따 갔구나.

오며 가며 눈길 주고
잘 크는구나
알이 제법 굵구나
이런 덕담 나눈 건 우린데
올해도 우린
만나지 못하고 말았구나.

오호 애재(嗚呼哀哉)라,
부디 좋은 곳에 가서
좋은 약과 술이 되어
다시 만나보고지고.

실애(失愛)

매화나무를
잘라 버렸습니다.

넘어진 텃밭엔
봄볕만 혼자
어리둥절 놀고 있습니다.

황홀한 흩날림 속에
손 흔들던
매화 뒷모습을

노을에
붉게 물들던
매화 눈시울을

잃어버린

첫사랑처럼

보내주었습니다.

봄꽃

애태우지 않고
어느 날 아침
팡 피어서 좋다.

기다림이
터지니
그렇다.

물똥방구

봄비

당신은
봄비 소리 들으며 오십니다.

저도 우연히
봄비처럼 마중 나갑니다.

말없이 스치며
눈길만 주고받는데

발그레 웃는
당신 얼굴이

방울방울
꽃잎에 맺혀 있습니다.

인연(因緣) 1

제 인생

가장 소박한 인연

딱 하나

골라 가질 수 있다면

노만사(露滿寺)[*]

당신과

여기

와 본 것입니다.

인연(因緣) 2

두 분
어떻게 만나셨어요?

이 쑥차
향과 맛이 참 좋네요.

한 다섯 번
우려내 마실 만큼

사랑하니까
만나지데요.

아카시아 가위바위보

아카시아
이파리 들고

둘이서
가위바위보

누가
이겼을까?

사랑 많은 사람이
졌을 거야.

일부러
졌을 거야.

사랑은
져주는 것이니까.

아차

지금 오후
두 시
봄
한나절

여긴
벚꽃 눈꽃
흩날리는
어느 강가

아차!

당신 드릴
도시락
깜박 두고
나왔네.

보초(步哨)

지금
난
보초 서고 있다.

널
지키고 싶은
마음으로

하룻밤
꼴딱
새고 있다.

새벽녘까지
빛날 난
보초 별

화살나무

너에게

날
  아
    가

꽂힌

나

II

사랑으로 사는
이야기

너와 헤어져

너와 헤어져
돌아가는 길

능소화가
뚝뚝 떨어진 길

괜찮다
괜찮다

내 가슴엔
꽃길이다

소망(所望)

살아갈 날이
살아온 날보다 짧다.
매화처럼 피었던
젊음도
능소화 같은
그리움도
소풍처럼 왔다 가는
삶이다.*

이제야
소망하는 것은
얼굴에 미소
하나 남기는 것
가슴엔 사랑
하나 남기는 것

---

* 천상병 시인의 「귀천」에서 차용함

섬 1

섬에 간다.
너와
심심하게 살더라도
사랑 하나
불타면 될 테니까.

물똥방구

섬 2

장마
안개 속에
파도도 취한
수락도*

그 섬에
간다.
너 하나
손잡고

---

* 전남 고흥군 봉래면 소재 섬

쑥떡

당신과
봄나들이 간 날

쑥을 뜯는다.

쑥떡 해 먹는다고
쑥을 뜯는다.

손톱 밑이
새까매지도록

보드라운
쑥을 뜯는다.

햇살 바른
무덤가에 앉아
쑥을 다듬고

물똥방구

집에 와
소금 살짝 뿌려
쑥을 데친다.

봄의 색깔
봄의 향기가
꼭 이렇다.

내일이면
당신과 난

봄을
맛보게 된다.

독백(獨白)

인생
왜 사냐고요?

당신이 있어
살지요.

상처도
사랑이 되는 것

역시

당신이 있어
그렇지요.

토마토

당신이 건네준
토마토
잘 먹었습니다.

학교
가져가서도 먹고
저녁 먹고
입가심으로 먹고

오늘
마지막
몇 개
마저 먹으니

일주일 내내
젊어졌습니다.

다 당신
덕분입니다.

흔적(痕迹)

방금 다녀가셨군요.
복도에서
도서관까지
그 긴 통로에
당신 냄새가
쫙 깔려 있습니다.

이렇게 분명한
당신 체취 맡으며
일부러
돌고 돌아
제 자리에 왔을 때

제 책상 위에 남긴
쪽지 한 장
보온 물통 두 개
삶은 달걀 두 개

우렁각시처럼

저 몰래

다녀가셨군요.

몸에 좋다는

이것저것 다 넣어

푹 달인 약차

사랑 넘치는

흔적(痕迹)에

늦가을 단풍처럼

물들어 버렸습니다.

반갑다

반갑다.
오랜만이제.
살 너무 뺀 거 아니가?
주름살도 쪼글쪼글하고
어데 아픈 덴 없나?

오랜만에 보니
찬찬히 보게 되고
찬찬히 보니
안 보이던 것도
절로 보게 된다.

자주 보자.

그래야 우리 늙어감도

마냥

서로

반가울 테니.

사랑, 이별

뒤 안 돌아볼게요.

잘 가세요.

좋은 기억 많잖아요.

사랑했고

믿었고

한때

목숨마저 아깝지 않았으니

제가 바래다 드릴게요.

잘 들어가세요.

행여

걱정 마세요.

혼자 돌아가는

이 길이

춥지만은 않아요.

추억으로

버티며

살아 볼게요.

잘 살아 볼게요.

낙인(烙印)

태양이

낙인찍는다.

넌 내 사랑

내 것이라고

온몸

새까맣게

낙인찍는다.

하지만 나는

아무리

당신

사랑해도

당신 몸에

낙인찍을 수 없다.

　　　　　　　　　　　　　　　물똥방구

대신
나는
당신
심장에다

너는 내 사람
내 사랑이라고
내 이름
낙인찍어 놓았다.

겨울, 섬 동백꽃

한겨울
난, 섬 동백꽃으로 살라요.

당신이 저 멀리서도
알아볼 수 있도록
붉은 꽃을 피울래요.

은빛 바다
언덕 위에서
파도처럼 소리칠래요.

당신만 기다리는
외로움조차
꽃으로 피워내는

난, 이 한겨울
온몸 뚝뚝 떨어지는
섬 동백꽃으로 살라요.

물똥방구

동백(冬柏)

당신 안에
내가 있듯

눈 덮인
한겨울

내 안에
당신 있듯

동백은
핀다.

작은 정성

정성의 힘을 믿습니다.
아픈 당신을 위해
해줄 수 있는 작은
정성의 힘을 믿습니다.
당신이 고통으로 일그러지고
괴로워하는 모습
제 눈엔들 안 비칠까요?
당신을 위해
차 한 잔 끓일 수 있고
미음이라도 해 먹일 수 있는
정성의 힘을 믿습니다.
제가 정성을 보일 수 있는
그거 하나만으로 만족합니다.
제 마음 오래 안 아프도록
작은 정성 보내오니
얼른 나으세요.
환한 얼굴로 다시 만나요.

물똥방구

황제의 밥상

소박한 도시락 맛나게 드세요.
김치가 쉬었을 것 같아 걱정입니다.
제가 먹는 것 그대로 싸 보냈으니
흉보지 마세요.
된장국, 콩자반, 계란말이에 데친 두릅까지
찰진 밥 담아 보낸 도시락

저는
신 김치 한 조각까지
당신 사랑이라 믿으며
다 먹었습니다.
꿀맛이었습니다.
너무 아까워
콩자반 한 알까지
싹싹 다 집어 먹었습니다.

황제의 밥상이
이보다 더 맛있을까요?

단 한 번

오늘이
두 번일 수 없듯이
사는 것도
두 번일 수 없다.

내가
당신을
사랑하는 것도
두 번일 수 없다.

단
한
번
사랑하는 것이다.

옷이 날개다

옷이 날개다.
새 옷이 날개다.
몸무게 준 것도 아닌데
발걸음 가볍고
어깨 가벼워
붕붕 날아다닐 것 같다.
사람들이
한 번 더 쳐다보고
잘 어울리네
십 년은 젊어 보이네
그런 눈빛으로 말 건넨다.
당신이 골라 준
이 옷이
내 날개다.

단풍기(丹楓記)

단풍 비
내리는 여행

사람도
단풍(丹楓)

사랑하는
연인이 단풍

피가 단풍
심장이 단풍

당신이
단풍(丹楓)

자나요?

긴긴 겨울밤
잠 못 이루는
영혼이

별처럼
그대를
지키고 있소.

자나요?

창밖을 보면
남동쪽으로
시리우스 별이
빛날 거예요.

내 사랑처럼
빛날 거예요.

변덕(變德)

아, 정말
요즘 날씨

진짜 지랄이네요.

추웠다
더웠다

우리가
과메기도 아니고

얼었다
녹았다

다들
끙끙 앓네요.

당신은
아프지 마세요.

전 이제 막
첫사랑이
싹트는데

당신이 아프면
저도 아프잖아요.

위로(慰勞)

술
음악

그 무엇도
위로가
되지 않을 때

날밤 새워
국어사전 뒤져도
위로가 되는
단어가 없을 때

후회와 울분으로
몸과 마음
진흙탕에 뒹굴 때

내가 있어
위로가 된다니

내 목소리
그것만으로
위로가 된다니

이런 지독한
역설(逆說)의
불치병

다짐

비가 오나 눈이 오나
눈을 맞추겠습니다.

아침을 열고
계절의 배꼽에 손 얹어

안녕하세요?
먼저 인사하겠습니다.

내 웃는 얼굴이
당신을 미소 짓게 하고

내 목소리가
당신을 떨리게 할 수 있다면

오늘은 멋있네?
이쁘네!

물똥방구

똑같은 말을
지겹도록 하겠습니다.

바람이 질투하더라도
멈추지 않겠습니다.

사랑한다고
고백하겠습니다.

당신이 있어
늘 이렇게
다짐하며 살겠습니다.

질투(嫉妬)

이미 지난 과건데
널 만나기 전
벌써 벌어졌던 일인데
그것조차 싫다니
싹 다 지우고 싶다니
참 무서운 질투

지난 일은 지난 일이고
그런다고 없어지나
아무리 변명하고 달래도
싫은 건 싫다니
그럼 어쩌란 말인지
참 대책 없는 불치병

그래도
당신 질투는
나의 힘*

---

* 기형도 시인의 「질투는 나의 힘」 제목에서 차용함

문풍지

바람만 불어도
날카롭게 울고
바람만 그쳐도
가볍게 웃는

성난 얼굴에
상처받고 떨다가
환한 미소에
위로받고 사는

폭풍우 휘몰아치듯
새파랗게 질렸다가
또 어느새 나비처럼
하얗게 숨 쉬는

난
아무래도
당신 창(窓)
문풍진가 보오.

눈물

눈물은
위로(慰勞)다.
눈물은
정화(淨化)다.

추억(追憶)도
눈물이다.
삶이
눈물이다.

남은 게
눈물뿐이라도
그래도
괜찮다.

기쁘거나
슬프거나
산 사람은
살아야 하고

눈물이 나야
어쨌든
살
힘이 난다.

세상에
부끄러운
눈물은
없다.

상실(喪失)

나는
뭔가 자꾸
잊거나
잃는다.

버리고
비우고
내려놓기
딱 좋다만

그게
말처럼
어디
쉽나?

다
잊히고
다
잃어도

상실되지 않는
넌
내 마지막
삶

꽃지짐

해마다 봄날
어느 화창한 날이면
진달래 꽃잎 따다
지짐 부친다고
연락 드렸지요.

가지도 못하는데
사람 약 올리느냐고
사진만 보아도
군침 넘어간다고
어서 막걸리나
한 잔 따르라고
그리 웃어 주셨지요.

올해도
꽃지짐
이름조차 맛있는

꽃지짐 부쳐
보내오니

한입 양 볼
빵빵하게
드셔 보세요.
친구들도 불러
넉넉하게
한잔하세요.

슬쩍 취하시면
제가 보냈다고
사랑하는 사람이라고
꼭
그렇게 말해 주세요.

버찌술

버찌 따다가
술 담가 놓을게요.

언제든 오시면
내어 올게요.

제 마음
검붉게 우러난

버찌술
당신께 드릴게요.

김치국밥

오늘도 또
어느 집에
식은 밥이
많이 남았는갑다.

김치국밥
끓이는 냄새
엘리베이터 탈 때부터
12층까지 가득하다.

오늘 하루도
많이 지쳤는데
입안에
침이 고인다.

김치국밥
끓이는 집
우리 집이었으면
참 좋겠다.

행복(幸福)

옛날 통닭에
소주 두 병

궁상맞다
하지 마라.

달도 없이
친구도 없이

혼자 먹는
술이라도

행복하면
행복이다.

물똥방구

추억으로 남은
이야기

그리움

툭 떨어지는
책갈피 사진에
책상 서랍
편지 뭉치에

너는
흘러가는 강물의
노래다.[*]

네가 이 세상에
보여 준
아름다운 모습이

---

* 천기수 시인의 「그리움」에서 차용함

닳아도
지워도
천년 암각화처럼
새겨졌기에

쓸데없는
그리움은
없다.

어머니 고치

밤새
이불 돌돌 말아
몸뚱어리
감싸더니

어머니는
아침마다
누에처럼
고치집을 짓는다.

평생 삶을
토해
자식에게 다
내어 주고

이제 겨우
몸뚱어리 하나
둥글게 말아
고치집을 짓는다.

어머닌
그 속에
비단 수의(壽衣)
곱게
수놓았더라.

소주 시대

나의 소주 시대는
갔다.
누가 뭐래도
맥주보다 소주였는데
오늘 내 앞에 놓인
17도짜리 소주
영 맹물이다.
칵- 쏘지도 않고
크- 취하지도 않고
넘어가긴 잘 넘어간다만
역시 아니다.
소주는 쏘주라야 제맛인데
이제 나도 변해야 하나?
세상이 이렇게 변했다고
맞춰 살아야 하나?
길들여진
25도짜리 소주가
헤어진
애인처럼 그립다.

코드 뽑기

너는 참
나완 안 맞는다.

참고
소통해 보려 했는데

이젠
코드를 뽑는다.

미안하다. 나도
너무 힘들었다.

잘 살아라.
잊지는 않을게.

올해는

여름은
어찌어찌하다 보니
그냥
넘어갔네요.

햇옥수수
삶아
금방 건져 냈다고
와서 드시겠냐고
몇 번이나
문자 드리고 싶었는데

벌써
가을이니
뵐 날도
며칠
남지 않았네요.

물똥방구

올겨울엔

꼭

저어기

까치밥으로 남을

홍시만큼

익어 갈게요.

거울

늘 보던 거울
당신 만난다고
찬찬히 뜯어보니

욕심 뒤룩뒤룩한
웬 돼지 한 마리
보일 뿐이네.

머리 벗겨지고
똥배 나온 날
당신이 보면
뭐라 할까?

두렵고 부끄러워
얼른 고개 돌렸지만
그래도 나가렵니다.
보고 싶습니다.

막걸리 한잔에
이렇게 변해
미안하다고
벌주라도 받겠습니다.

이슬만 먹고
살 수 있었던
그런 시절
우리에게
있었다고

행여
당신도
날
기억해 주시려나요?

비, 에피소드

그 옛날 어느 날
비 내리는 어느어느 날

내 아버지의 할아버지
할아버지의 할아버지
그 사돈의 팔촌쯤 되시는 분이

이제 그만
가랑가랑
가랑비가 내리는구려 했더니

당신 아버지의 할아버지
할아버지의 할아버지
그 사돈의 팔촌쯤 되시는 분이

물똥방구

아직은 좀 더
있을있을
이슬비구려 했다네.

이제 내가 당신에게

우리 사랑도
오리무중
안개비가 내리는구려 했더니

당신은 내게

사랑이 본래
여우 같아서
여우비라고 답장했구려.

비, 오후

오늘은
조용히
비가 내린다.

바람도 없이
혼자
숲속으로 내린다.

나무들도
떨지 않고
어깨를 내어 주고

새들도
젖은 눈으로
깃털을 접는다.

물똥방구

작은 연못엔
희미한
동그라미 파동

나도
외로운 사람에게
천천히 감전되는
비, 오후

사루비아

1981년 여름, 대학 1학년 때
경북 왜관 어디쯤 산다는
친구 집에 따라갔었다.

마당 한가운데
사루비아 꽃
햇살보다 뜨겁게 피어 있었다.

가난한 시절
우린 하릴없이
사루비아 꽃만 바라보았다.

친구 어머닌 왜
마당 한가득
사루비아 꽃만 심었을까?

배고픈 시절
차라리 옥수수나 호박
고구마라도 심어 놓지 그랬다.

물똥방구

친구는 마당에 내려가
사루비아 꽃을 따더니
나비처럼 쪽쪽 빨아 먹었다.

그리고 하염없이
나에게 손짓하였다.

이리 오라고
꽃밭이 달콤하다고

나도 벌처럼
그 꽃밭에서
사루비아 꽃만 쪽쪽 빨아 먹었다.

친구 어머닌 왜
마당 한가득
사루비아 꽃만 심었을까?

그 가난하고 배고픈 시절에

번데기

인생이 구질구질하다.
사는 게 징글징글하다.

구질구질한 인생
세탁기에 돌리고
쭈글쭈글한 인생
다림질하여
비단길 향기로운
인생만 살고 싶지만

사는 게 그렇게 쉽다면야
아등바등
뭐 이리 힘들게 살겠나?

오늘
막걸리 한 사발에
번데기 안주 바라보니

구질구질

쭈글쭈글한

그 녀석이 날 보고

왜?

보긴 이래도

고소하고 맛있지?

먹을 만하지?

인생이 그런 거야.

사는 게 그런 거야.

그러니 그냥 살아 봐.

대신 좀 잘 살아 봐.

이렇게 호통치더라.

숙제(宿題)

삶이 숙제인 줄 알았다.
가난하게 태어나
열심히 살아야 하는 것도
그나마 열심히 살아서
이 정도 먹고사는 것도
이제 남은 시간
어떻게 살아야 할지도
내가 해야 할
숙제인 줄 알았다.

그래서 늘 먼저 했다.
하기 싫은 때도 있었지만
해치운다는 심정으로
후다닥 그렇게 살았다.
가끔 칭찬도 들었고
이렇게 나이를 먹었고
이런 얼굴이 되었지만

아직도 나는 모른다.
내가 한 숙제가
소풍 같은 선물이었는지
대충 산 세월이었는지

다만 부끄럽지만
사랑 하나
남기고 살았다면
그렇게 끝까지 살겠다면
제법 잘한 숙제라고
꽃 피고 단풍 드는
어느 오솔길에서
웃고 있을 것 같다.

나도 그냥

빈속에 술을 마셨다고
조금 많이 마셨다고
노란 물까지 올리면서
밤새 변기통 붙잡고 울었다고
그래, 많이 아프구나.

출근도 못 하고
사는 게 왜 이 모양 이 꼴이냐고
이럴 땐 꼭 옆에 없다며
그래, 사랑 때문에 많이 아프구나.

술 마신 것도 나 때문이고
많이 마신 것도 나 때문이고
뒤도 안 돌아보고 떠난 것도 나고
전화 한 통 하지 않았으니
아파도 많이 아팠겠구나.

아직 어지럽지만
이제 죽이라도 먹을 수 있다고
횡설수설 넋두리라도
그냥 잘 들어 줘 고맙다고
그래, 좀 괜찮아졌다니 다행이구나.

죽을병도 아니고
깨지거나 부서진 것도 아니고
우리 사랑 그대로인데
그래, 네가 아프니
나도 아프구나.

나도 그냥
아프구나.

그냥

비가
내리네요.

그냥
보고 싶다구요.

이젠
꽃도 지고

그냥
비가 와요.

꽃비
온다구요.

참
뭘 몰라!

　　　　　　　　　　　　　　　물똥방구

가을 어느 날

팔공산
단풍 구경 가려다가
칠곡 천년 숲길로
빠져 버렸다.

거기나
여기나
단풍 들긴 마찬가지고

부처님같이
산도
미소 짓고 있는데

저 가을산처럼
나도 내 입가에

저런 미소
한 번쯤
그려 봤으면 좋겠다.

흔들기와 흔들리기

바람에 흔들려야
가을이 오는가?

사랑하는 것도
흔들려야 오는가?

바람이 어찌
맘대로 오는가?

사랑처럼
흔들려야 오고

사랑이 어찌
맘대로 오는가?

당신이
흔들려야 오지.

그럼 당신이
흔드는 바람이고

나는
흔들리는 가을인가?

아니 이젠
흔들리기 싫다.

사랑에
흔들리기 싫다.

바람처럼
흔들며 살고 싶다.

하지만
당신 앞에서는

내 삶이
흔들려도 좋다.

억새처럼
흔들려도 좋다.

당신보다 먼저
흔들리며
울어도 좋다.

겨울 가파도

처음 가 봤다.

한겨울
모진 바람에
보리 싹을 보았다.

꽃도 피었더라.

거기
겨울 가파도

사랑이 뭔지
이제 알겠더라.

눈 내리는 날

눈 펑펑 내리는 날
홀로 나와
별도봉*에 오르니

망망대해
부서지는 파도
온 천지 눈발이구나.

먼 옛날
여기 귀양 온 이에게도
오늘 같은 날
분명 있었으려니

그 한이
얼마나 맺혔을까?

---

* 제주시 화북1동에 있는 오름: 이별 별(別), 칼 도(刀), 봉우리 봉(峰)

이별조차
끊어내야 하는 심정
나야 어찌 알겠냐마는

펑펑 휘몰아치는
이 눈발 앞에 서니

이별은
예나 지금이나
찬란한 슬픔인가 보다.

아름다운 사랑을 위하여

우리 사랑이 아름답기 위해서는
때 되면 단풍처럼 물들 줄 알아야 합니다.
강물처럼 흐를 줄 알아야 합니다.
대숲에 부는 바람처럼 울 줄도 알아야 합니다.

우리 사랑이 아름답기 위해서는
끝까지 지켜줄 줄 알아야 합니다.
내가 쓰러져 다 잃더라도
당신이 결국 다 가져다줄 것을 믿어야 합니다.

우리 사랑이 아름답기 위해서는
무조건 지금도 아름답고
앞으로도 영원히 아름다워야 합니다.
우리가 잘못 산 게 아니라고 고집부려야 합니다.

우리 사랑이 아름답기 위해서는
다들 부러워하기 위해서는

물똥방구

당신이 살아 행복하고 아름다워야 합니다.
내가 살아 행복하고 아름다워야 합니다.

왜 사냐고
어떻게 살았느냐고
행여 누가 물으면
아름다운 사랑을 위하여 살았노라고
후회 없이 사랑했노라고
대답할 수 있어야 합니다.

소풍처럼 왔다 가는 삶에
우리 사랑이 아름답기 위해서는
우리 비망록(秘忘錄)에
사랑
이 두 글자는 남길 수 있어야 합니다.

얼씨구 절씨구

얼씨구, 그래 나도 남잔데
사랑한다는데 좋구말구.
국어 시간 재밌고
연애편지 쑥 찔러주며
달려와 팔짱 끼는데
어절씨구, 좋구말구.

착각하지 말라고
아, 그래도 괜찮고
질투한다고
아, 그래도 상관없구말구.

얼씨구, 절씨구
찡그린 얼굴 펴고
꽉 막힌 울분 풀어내며
어깨춤이 덩실덩실
하이고! 천날만날
이런 선생이면 좋겠다.

물똥방구

공쩍새

누가 부르는 것 같아
귀 세워 두리번거리는데
저 어둠 속에서
솥이 적다고
솥-쩍 솥-쩍
소쩍새 우는구나.

아!
나도 어느새
공부가 적다고
공-쩍 공-쩍 우는
천상
공쩍새로구나.

아람이가

쌤! 재미난 얘기 해 줄게요.

제가 현명이 가슴 쿡 찔렀거든요.

와, 이 살 봐라.

출렁거리는데.

그러니까 현명이가요

살이 아니라 근육이다.

힘주면 딴딴하다.

그 옆에 있던 호경이가요

그럼 내는 온몸이 근육이가?

나는 눈에도 근육이 있다.

봐라.

눈알을 뱅글뱅글 돌리잖아요.

으 하하하하!

웃기잖아요.

왜 안 웃으세요?

모처럼

재형아, 오늘은 무슨 소식 없나?

스승의 날 때문에 회의한대요.

그래. 아 그거 참. 거시기하네.

아니요. 담임 선생님 말대로 하면 돼요.

뭐라 했는데?

마음은 가볍게, 양손은 무겁게.

뭐라! 푸하하하 진짜가?

아니, 아니. 그게 아니고. 거꾸로겠지.

마음은 가득히, 양손은 가볍게.

양손은 가볍게 봉투로 가져오세요.

에- 에- 쌤!

왜?

편지 쓰기 싫어?

모처럼

잘 웃었습니다.

참새와 동찬이

참새 한 마리
교실에 잘못 들어와
유리창에 몇 번 부딪히더니
정신을 잃고
내 눈과 마주친다.

간밤
야간 자율 학습 시간
졸다가
등짝을 후려 맞은
동찬이 눈처럼.

물똥방구

자율 학습 감독

뭔 말이 필요하나?
그냥
지나가다가
등이나 툭- 툭-

행여
눈 마주치면
가을 같은 얼굴로
미소 빙긋-

몇 번
고개 *끄*덕거려 주고
가끔
엄지손가락 치켜세워 주면
그뿐

보충수업

쌤!
내일 비는 시간에
학년실로 오세요.

제가
김치전 부치거든요.

언제 누구에게
이렇게 다정한
초대(招待)
받아 보았던가?

우리는 지금
겨울방학
보충수업 중인데

오늘 내 삶의
보충수업은
다정한 초대

이 나른한 오후에

이 나른한 오후에

살려주세요!
수학은 외계언이다!
내가 미치는 기분이다!

수학 시험지 한 귀퉁이
낙서

외계언?
외계인의 오기(誤記)인가?
외계인의 언어(言語)인가?

이 나른한 오후에
소리 없이 터지는
폭죽 한 방

교실 풍경

그래 알았다.

공부해라.

나는 청소라도 할 테니

내가 근처에 가면

슬쩍 발이라도 들어 주렴.

혹시 누가

내 빗자루 뺏기라도 하면

나는 밀대 빨아

너희들 바닥을 닦아 주마.

너희들은 잠이라도 잔다마는

알아서 공부하겠으니

그냥 내버려둘 수밖에 없는 나는

고개만 끄떡이며

그래 교실

청소라도 해 줘야겠다.

빈 화분을 챙기며

봄이니까
빈 화분을 챙긴다.

샘,
빈 화분은 왜요?

새로 시작되는
봄을

또 심어 보려고
그런다.

너희들처럼

IV

사랑하는 삶,
사랑하는 시

탄감자의 삶과 시

- 사랑을 중심으로

시집의 제목으로 차용한 이 시를 맨 처음 인용하는 것
으로 탄감자의 삶과 시세계를 탐구해 보겠습니다.

아기

똥이

애기똥풀

되듯

물똥

방귀

물똥방구

되면

소리

마저

향기롭더라.

냄새

하나

없더라.

사랑하면

그냥

그렇게

되더라.

- 「물똥방구」 전문

위 시는 어렵지 않으면서, 읽으면 괜히 가슴이 따뜻해지는 느낌이 듭니다. 반면에 유치하다는 독자도 있을 것이며, 상투적이라고 평가하실 독자도 계실 것입니다.

하지만 이 시를 쓴 저는, '어려운 단어도 없고, 평상시 우리가 하는 말 그대로 써서 그런지 참 시가 편하다.'라고 주장하고 싶습니다. 억지로 꾸며 쓰지 않고, 가슴에서 우러나오는 느낌과 감정을 말하는 그대로 전달하고 있습니다. 그래서 뭔가 의도적으로 독자들에게 강요하는 듯한 거부감도 덜하면서, '그래, 사랑하면 다 그렇게 되곤 하지.'라고 고개를 끄덕거려 줄 것 같습니다.

이 작품처럼 시는 일단 쉽게 쓰는 것이 좋습니다. 쉽게 읽히면서도 마음 편한 시가 저는 참 좋습니다. 따로 시를 짓지 않는다는 '술이부작(述而不作)'이라는 명제처럼 일부러 꾸며서 창작하지 않은 시가 저는 좋습니다. 그런 시를 쓰려고 합니다.

사랑도 마찬가지일 것 같습니다. 나와 아무 상관이 없는 사람의 이에 낀 고춧가루는 참 보기 민망하고 불결해 보이지만, 내가 사랑하는 사람의 이에 낀 고춧가루는 그것조차 사랑스럽게 보인다고 합니다. 사랑하면 저절로 그렇게 되고, 그런 게 사랑이라고 합니다. 저도 이런 주장에 적극 동의합니다.

방귀가 어찌 냄새가 안 날 리 있겠습니까? 세상의 모든 방귀는 냄새가 나고 불쾌한 것이지만, 사랑하는 사람이 뀌는 방귀는 냄새 하나 없고 소리마저 향기로운 '방구'가 될 수 있습니다. 이 시는 그렇게 믿으면 그렇게 되는 것이구나 하는 주제를 잘 드러내고 있습니다. 또한, '방귀'와 '방구'의 발음과 듣기의 어감 차이에서 다가오는 심리적 안정과 포근함을 잘 포착한 것 같아 나름 만족하는 작품 중 하나입니다.

 다음 작품도 살펴보면서, 탄감자의 시에 담긴 또 다른 사랑의 모습을 탐구해 보겠습니다.

모처럼
비 오는 날

너 가슴이
나 메마른 영혼이
푹 젖어
흐르는 날

막걸리에
정구지 지짐
당신과
함께라면

오늘 같은

하루라도

평생(平生)

살 수 있겠습니다.

- 「비 오는 날」 전문

비 오는 날이면 이상하게 막걸리와 파전이 당긴답니다. 이유는 여러 가지로 분석되었습니다. 비 떨어지는 소리의 주파수와 기름 튀는 소리의 주파수가 비슷하여 그렇다는 둥, 과거 농경 시대에는 비 오는 날에 아무 할 일이 없으니 막걸리에 파전을 부쳐 먹어서 그렇다는 둥, 비가 오면 일조량이 줄어들어 우울해지기 쉽기 때문에 이를 해소하기 위해 그랬다는 둥, 또 비가 오면 평소보다 기온이 낮아지기 때문에 우리 몸의 신진대사를 끌어올려 체온을 높이기 위해 그렇다는 둥 그 속설이 다양합니다.

그 속설이야 어떻든 간에 하여간 이 시에서 제가 가장 명확하게 말하고 싶은 것은, '비 오는 날, 막걸리에 정구지 지짐을, 사랑하는 사람과 함께 부쳐 먹을 수 있다면, 그것이 삶이고 사랑 아니겠는가?'라고 말하고 있다는 점입니다.

그리고 이런 생각과 감정은 저 혼자만의 것이 아니라 우리 모두가 공감하는 것이기도 합니다. 다만, 그것을 어떻게 표현할 것인가 하는 질문에 저는 이 시로써 답을 한 셈입니다.

그래서 시에서 뭐 별다르게 특별하고 뭔가 그럴듯한 멋짐이 뿜뿜 뿜어져 나오지 않더라도, 독자들이 감상하고 즐기기에 편하고 읽기가 쉬워야 한다는 점만은 분명히 말할 수 있을 것 같습니다.

유사한 소재로 거의 같은 주제를 내포하고 있는 다음 시도 제가 꼭 소개하고 싶은 작품입니다.

해마다 봄날
어느 화창한 날이면
진달래 꽃잎 따다
지짐 부친다고
연락 드렸지요.

가지도 못하는데
사람 약 올리느냐고

사진만 보아도
군침 넘어간다고
어서 막걸리나
한 잔 따르라고
그리 웃어 주셨지요.

올해도
꽃지짐
이름조차 맛있는
꽃지짐 부쳐
보내오니

한입 양 볼
빵빵하게
드셔 보세요.
친구들도 불러
넉넉하게
한잔하세요.

슬쩍 취하시면
제가 보냈다고

사랑하는 사람이라고

꼭

그렇게 말해 주세요.

- 「꽃지짐」 전문

  이름조차 맛있는 꽃지짐! 꼭 화전이 아니더라도 우리 조상들의 손맛으로 빚어내던 각종 전들을 안주 삼아 막걸리 한잔할 수 있는 여유와 풍경을 상상하는 것만으로도 이 시는 흐뭇함을 줍니다.

  그리고 그런 꽃지짐을 사랑하는 사람에게 보내고 싶은 마음이나 먹이고 싶은 마음이 바로 사랑이 아니겠습니까? 이런 사랑을 해 보았거나 하고 있는 사람, 아니면 이런 사랑을 하고 싶어 하는 사람이라야 이와 비슷한 시를 쓸 수 있지 않겠습니까? 시로 쓰지 못한다면, 휴대전화 문자 메시지나 카톡 정도는 보낼 수 있지 않겠습니까? 이런 마음을 갖고 계시거나 그런 생각을 해보신 분들께 기꺼이 이 시를 바치겠습니다.

  계속해서 다음 작품도 살펴보겠습니다.

소박한 도시락 맛나게 드세요.

김치가 쉬었을 것 같아 걱정입니다.

제가 먹는 것 그대로 싸 보냈으니

흉보지 마세요.

된장국, 콩자반, 계란말이에 데친 두릅까지

찰진 밥 담아 보낸 도시락

저는

신 김치 한 조각까지

당신 사랑이라 믿으며

다 먹었습니다.

꿀맛이었습니다.

너무 아까워

콩자반 한 알까지

싹싹 다 집어 먹었습니다.

황제의 밥상이

이보다 더 맛있을까요?

- 「황제의 밥상」 전문

　　　　　　　　　　　　　　　물똥방구

이 작품도 주제가 선명합니다. 누군가 사랑하는 사람을 위해 정성껏 도시락을 챙기는 모습, 도시락에 담은 정성과 사랑의 마음이 그 도시락을 받은 시적 화자에게 전달되고 독자들에게까지 전해진다면, 그런 도시락은 분명 황제의 밥상보다 더 맛있을 것입니다.

특히 마지막 연에서는 독자들에게 반문하는 형식으로, '맞다. 이렇게 정성스런 마음으로 차린 밥상이라면 황제의 산해진미 밥상보다 더 맛있을 것 같다.'라는 주제를 자연스럽게 끌어내 오고 있는데, 저절로 공감하게 만드는 힘이 있습니다.

또한, 일기나 편지 같은 느낌이 이 시를 더욱 맛깔스럽게 하고 있으며, 독자로 하여금 미소 짓게 하고 고개를 끄덕이게 하고 있습니다. 이 시를 읽노라면, 진짜 이런 도시락을 선물하거나 선물 받고 싶다는 마음이 저절로 생길 것 같습니다.

이 시처럼 풀어 쓰더라도 진솔한 삶의 모습을 보여 주는 시가 저는 좋습니다. 쉽게 가르치고 쉽게 써 보도록 권할 수 있어 더욱 좋습니다. 억지로 해설하지 않아 좋습니다.

마지막으로, 이번 시집에 실린 작품 가운데 다른 작품과 달리 절제된 감정으로 형식적인 미의식을 잘 갖춘 것을 골라 소개해 달라시면 다음 작품을 선택하겠습니다.

　　너와 헤어져
　　돌아가는 길

　　능소화가
　　뚝뚝 떨어진 길

　　괜찮다
　　괜찮다

　　내 가슴엔
　　꽃길이다

- 「너와 헤어져」 전문

기승전결 형식의 4연 구성, 각 연 2행, 전체 8행으로 완성한 작품입니다.

사랑이라는 것이 마냥 좋고 행복한 일만이 아니라는 것을 우리는 잘 알고 있습니다. 당연히 이별이라는 아픔이 따르기도 하고 회한이 남기도 하며 외로움과 그리움으로 가슴 쓰라리기도 한 것입니다.

　사랑은 그런 아픔과 회한이 남는 것이기에 역설적으로 할 만한 것이요, 감당할 만한 가치가 있는 것이기도 합니다. 그 슬픔과 아픔을 잘 극복하고 승화시키면 그 또한 멋진 사랑이라고 말할 수 있기 때문입니다.

　이 작품은 결국, '사랑이란 이별조차도 꽃길이라고 믿는 것이다.'라는 주제를 명징하게 나타내고 있으며, 이는 제가 독자들에게 전달하고 싶은 사랑의 완성된 개념이자 믿음이기도 합니다.

　이런 시를 '좋은 시냐? 잘 쓴 시냐?'의 기준으로 따지는 것은 큰 의미가 없을 것 같습니다. 영화도 액션, 스릴러, 멜로물 등 그 분야가 다르고 좋아하는 관객의 취향에 따라 그 호불호(好不好)가 갈리는 것이기에, '그저 쉽고, 편하게 다가오는 시'를 좋아하는 독자들에게는 꽤 괜찮은 작품이 되리라 믿습니다.

하여간, 사람의 얼굴이 다 다르고 좋아하는 이상형이 다 다르듯이, 시를 보는 관점에서부터 좋아하는 취향 등이 사람마다 다 다릅니다. 따라서 저처럼 평범한 사람들에게 시란, 우리 시문학사에 남는 불후의 명작을 남기는 것이 아니라 시를 쉽게 쓰고, 시를 쓰는 것이 행복하고, 내 삶이 곧 시가 되는 그런 것입니다. 이렇게 산다면 삶이 조금이나마 위로가 되고 행복할 수 있기 때문에 그렇습니다.

그럼으로써 우리 제자들에게나 주변 사람들에게 시가 얼마나 좋은 친구가 될 수 있는가를 보여 줄 수 있을 것입니다. 저는 그렇게 생각합니다. 그리고 그렇게 시를 쓰고, 그런 시를 사랑하며 살고 있습니다.